Erich Kästner

La rencontre des animaux

d'après une idée de Jella Lepman
Traduit de l'allemand
par Dominique Ebnöther

Illustrations de Walter Trier

*télégramme adressé à tous les pays du monde
– fin de la conférence de Londres – pourparlers
sans résultats – formation de quatre commissions
internationales – nouvelle conférence prévue mais
aucun accord sur le lieu de la prochaine session –*

Un beau jour, les animaux trouvèrent que la plaisanterie avait assez duré. Ce soir-là justement, comme tous les vendredis, Aloïs le lion prenait un verre au bord du lac Tchad en compagnie d'Oscar l'éléphant et de Léopold la girafe. Tout en agitant sa crinière d'artiste, il s'écria : « Ah ! Ces humains ! Si je n'étais pas si blond, je crois bien que je me fâcherais tout rouge ! » Oscar l'éléphant, aspergeant son dos poussiéreux avec sa trompe comme s'il était tranquillement installé sous la douche, s'étira paresseusement et marmonna de sa belle voix de basse quelque chose que les deux autres ne

comprirent pas. Léopold la girafe, les jambes
écartées dans l'eau, buvait à petites gorgées
rapides. Elle – ou plutôt *il* – répliqua : « C'est
vrai qu'ils sont terribles. Et pourtant quelle
belle vie ils auraient s'ils voulaient ! Ils nagent
comme les poissons, courent comme nous,
grimpent comme les chamois et volent comme
les aigles. Or, à quoi tout cela leur sert-il, je
vous le demande ? – À faire des guerres, rugit
Aloïs le lion. Des guerres. Des révolutions.
Des grèves. Des famines. Des maladies nouvelles. Ah ! Si je n'étais pas si blond, je crois
bien que je me… – … fâcherais tout rouge »,
poursuivit la girafe – qui, comme tous les
autres animaux, connaissait cette phrase par

cœur depuis la nuit des temps. « Moi, ce qui me chagrine, c'est de penser à leurs enfants, dit Oscar l'éléphant en laissant pendre ses oreilles. Des enfants si gentils ! Dire qu'ils doivent endurer les guerres, les grèves, les révolutions, et qu'en plus les adultes prétendent qu'ils font tout cela pour leur bien ! Quel toupet ils ont ceux-là !

– Un cousin de ma femme, raconta Aloïs, était engagé comme équilibriste et sauteur de cerceaux dans un grand cirque allemand pendant la dernière guerre mondiale. On l'appelait Hasdrubal-la-terreur-du-désert : c'était son nom d'artiste. Un jour, il y eut une gigantesque attaque aérienne. Le chapiteau se mit à prendre feu et tous les animaux s'échappèrent... – Les pauvres enfants ! grommela l'éléphant dans son coin. – La ville entière était en flammes, poursuivit le lion ; les animaux et les hommes criaient. Alors le vent brûlant a roussi la crinière d'Hasdrubal, le cousin de ma femme. C'est depuis ce jour-là qu'il est obligé de porter une perruque. » Furieux, Aloïs frappa le sable du Sahara avec sa queue. « Ces idiots ! rugit-il. Il faut toujours qu'ils fassent la guerre. Et quand ils ont bien tout détruit, ils s'arrachent les cheveux ! Ah ! Si je n'étais pas si blond... – Ça va, ça va !

interrompit la girafe. Ce n'est pas la peine de se mettre en colère, il faut trouver quelque chose. – Parfaitement ! trompeta Oscar l'éléphant. Mais quoi ? » Cependant, comme rien ne leur venait à l'esprit, ils s'en retournèrent tristement chez eux.

Quand Oscar arriva à la maison, les petits éléphanteaux ne voulaient pas se coucher. Le plus jeune s'écria : « Lis-nous encore quelque chose, s'il te plaît ! » Le père prit alors *Le Sahara-Magazine* et lut à haute voix : « Quatre ans après la fin de la guerre, il reste encore en Europe des milliers d'enfants orphelins et d'innombrables parents qui... – Arrête, Oscar ! dit sa femme. Ce ne sont pas des histoires pour les petits éléphants. »

Quand Léopold rentra chez lui, les petits girafons ne voulaient pas dormir. Le plus petit s'écria : « S'il te plaît, papa, lis-nous encore quelque chose ! » Le père prit alors *Le Quotidien du Sahara* et lut : « Quatre ans après la fin de la guerre, la quantité de réfugiés en Allemagne de l'Ouest s'est accrue de quatorze millions de personnes, principalement des vieillards et des enfants. Ce nombre est en constante augmentation et personne ne semble disposé à... – Arrête, Léopold ! dit sa femme. Ce ne sont pas des histoires pour les petits girafons. »

Quand Aloïs entra dans la chambre de ses enfants, ceux-ci se mirent à crier : « S'il te plaît, lis-nous encore quelque chose ! » Le père prit alors *Le Matin du Sahara*, leur dit : « Tenez-vous tranquilles ! » et lut : « Quatre ans après la fin de la guerre qui a détruit la moitié du monde et dont les conséquences sont actuellement encore incalculables, des rumeurs circulent selon lesquelles une nouvelle guerre serait en préparation dans le plus grand secret. En outre… – Arrête, Aloïs ! dit sa femme. Ce ne sont pas des histoires pour les petits lion-ceaux. »

À l'heure où les éléphanteaux et tous les autres petits animaux dormaient, Oscar le grand éléphant dut aller à la cuisine pour essuyer la vaisselle. « Ça commence à devenir insupportable ! grogna-t-il. – Pour ce malheureux bout de vaisselle ! répondit sa femme en faisant la moue. Tu es de plus en plus paresseux, ma parole ! – Je ne te parle pas de tes assiettes ni de tes couverts, dit-il. Je pense aux humains. Aux réfugiés, à la bombe atomique, aux grèves, à la faim en Chine, à l'opulence en Amérique, à la guerre du Vietnam, aux enfants et aux parents perdus, aux troubles du Moyen-Orient, aux prisons d'Espagne, au marché noir, aux émigrants… » Il s'assit épuisé sur un tabouret. Sa femme était occupée à rincer les pots à lait des enfants avec sa trompe. « Regarde ! » se mit-il à tonner. Elle laissa tomber de frayeur un des petits pots sur le sol. « Regarde ! continua-t-il d'une voix sourde en frappant du poing sur la table de la cuisine où se trouvait *Le Sahara-Magazine*. Lis ! Encore une de leurs sacrées conférences ! Ah ! ces humains ! Ils ne savent faire que des ravages, et dès qu'ils essaient de construire quelque chose, ça se transforme en tour de Babel. Moi, ce qui me chagrine, c'est de penser à leurs enfants ! »

télégramme adressé à tous les pays du monde – interruption de la conférence des ministres des Affaires étrangères à Paris – résultats nuls – désaccord dans les capitales – reprise de la conférence dans un mois – conseils des ministres convoqués à huis clos dans tous les pays –

Oscar froissa le journal et le jeta sous la table. Apercevant alors le cartable de son fils aîné, il le prit, en sortit une boîte de peinture et du papier à dessin, et dit : « Regarde, femme ! Je vais te montrer à quoi ressemble la terre ! » Puis il dessina deux cercles qui représentaient les deux moitiés de la terre. « Voici une moitié,

dit-il à sa femme. Partout les hommes font régner la détresse et la folie. N'importe quel animal peut s'en rendre compte. Il n'y en a qu'un seul qui ne veut pas voir la misère et la confusion : c'est l'autruche. Elle se cache la tête dans le sable. Et voici l'autre moitié. Partout encore les hommes font régner depuis des siècles la guerre, la détresse et la folie. N'importe quel homme peut s'en rendre compte. Il n'y en a que quelques-uns qui ne veulent rien savoir. Ils gouvernent, font des discours et des conférences… – Je sais, dit sa femme, et ils se cachent la tête dans le sable. »

Après une nuit pleine de rêves étranges, l'éléphant encore tout endormi chaussa ses pantoufles et se précipita dès l'aube vers le téléphone pour demander six communications

avec l'étranger : une en Amérique du Sud avec son petit neveu Théodore le tapir, une en Australie avec Gustave le kangourou, une au pôle Nord avec Paul le vieil ours blanc, une en Europe centrale avec Ulrik la chouette, la cin-

quième en Asie avec Max la souris, et la sixième en Amérique du Nord avec Reinhold le tau-reau. Les cigognes et les flamants qui tra-

vaillaient comme téléphonistes à la poste centrale égyptienne eurent fort à faire. Il y eut bien quelques erreurs de destination, mais finalement tout s'arrangea.

« Écoutez-moi attentivement ! s'écria Oscar l'éléphant. Ça ne peut plus durer ainsi avec les humains ! Est-ce que vous m'entendez bien ? – Oui, Oscar, répondirent les six compères en criant aussi fort qu'ils purent. – J'ai eu une idée, hurla l'éléphant. Mais c'est bien parce qu'il y a leurs enfants. Une idée excellente. Enfin, je veux dire qu'elle nous plaît beaucoup à ma femme et à moi... Elle n'est même pas mal du tout... Non, vraiment, elle n'est pas si mauvaise que ça... En tout cas, elle pourrait être pire… Mais pourquoi ne répondez-vous rien ? – Nous attendons ton idée, intervint Reinhold le taureau en Amérique du Nord. – Ah ! bon ! dit l'éléphant, ce qui les fit rire tous les six. – Et maintenant, dis-la-nous cette idée, gloussa Max la souris en Asie. – Bon, écoutez, reprit l'éléphant. Les hommes font des conférences les unes après les autres sans jamais arriver à rien, alors moi, j'ai pensé que nous devrions en faire une aussi. » À ces mots, un grand silence régna sur les six lignes de téléphone. Finalement, les flamants et les cigognes, caquetant et craquetant, demandèrent : « La communication est terminée ? – Ne vous avisez surtout pas de me couper, trompeta l'éléphant. » Puis, il hurla : « Paul ! Théodore ! Max ! Reinhold ! Ulrik ! Gustave ! Vous avez perdu votre langue tout à coup ? – Pas exactement, reprit l'ours en dodelinant de sa tête blanche, mais il y a quelque chose de bizarre dans ce que tu dis… Tu commences par pester contre les conférences, et ensuite… – Paul a tout à fait raison, nasilla la chouette. Tu commences par pester, et ensuite, tu voudrais que nous fassions la même chose ! – Fuiii !… siffla Max la souris. Nous allons nous faire mal voir, fais attention ! – Qu'est-ce que vous racontez ? tonna Oscar. Le problème

19

ce ne sont pas les conférences, ce sont les humains. Vous n'avez donc aucun amour-propre ? ce serait le comble ! Écoutez-moi, bandes de poltrons ! Dans quatre semaines exactement, toutes les délégations doivent être réunies au Palais des Animaux. Prévenez immédiatement toutes les espèces ! Rendez-vous dans quatre semaines au Palais des Animaux. Nous verrons bien si... – Les cinq minutes sont passées, caquetèrent les téléphonistes de la poste centrale égyptienne. Nous devons couper. – Espèces d'oies stupides ! grogna Oscar en colère. – Oies ? s'écrièrent les téléphonistes furieuses. Il n'y a que des cigognes et des flamants qui travaillent ici. – Alors, espèces d'échassiers stupides ! » répliqua l'éléphant en haussant les épaules et il rac-

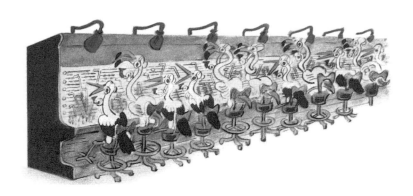

crocha. Complètement épuisé, il s'épongea le front. (Il avait d'ailleurs un mouchoir de quatre mètres de long sur quatre mètres de large.)

Le service d'informations fonctionna comme sur des roulettes. Les chiens foncèrent tels des tourbillons à travers villes et villages. Les belettes se faufilèrent au milieu des jardins. Les cerfs et les chevreuils galopèrent à travers les forêts, si vite qu'ils en firent pleuvoir des branches mortes. « Dans quatre semaines exactement, conférence au Palais des Animaux. » Les

zèbres tonnèrent comme l'orage à travers les déserts. Les gazelles et les antilopes filèrent par les steppes comme des flèches. L'autruche et l'émeu se hâtèrent à grandes enjambées

en soulevant des nuages de poussière. « Dans quatre semaines exactement, conférence au Palais des Animaux. » Les rennes en nage trottèrent sur la toundra. Les chiens esquimaux coururent en aboyant dans la nuit

boréale. Les mouettes sifflèrent à l'oreille des pingouins : « Dans quatre semaines exactement, conférence au Palais des Animaux ! » Les singes de la forêt vierge se balancèrent

d'arbre en arbre en criant. Les scarabées chatoyèrent, les petits colibris multicolores pépièrent. « Dans quatre semaines exactement, conférence au Palais des Animaux. »

Les perroquets et les cacatoès, perchés sur des lianes, jacassèrent comme des crécelles. Les

piverts frappèrent comme s'ils faisaient du morse contre les troncs d'arbres creux qui résonnèrent. « Dans quatre semaines exactement, conférence au Palais des Animaux. » Les grenouilles accroupies au bord des marais et

des étangs se rengorgèrent et coassèrent la nouvelle infatigablement dans les airs. « Dans quatre semaines exactement, conférence au Palais des Animaux. » Les hirondelles assises

sur les fils du téléphone de la poste internationale propagèrent la nouvelle dans tous les pays de la terre. « Dans quatre semaines exactement, conférence au Palais des Animaux. » Les pigeons voyageurs sillonnèrent par milliers les montagnes et les océans avec, dans une petite

capsule attachée à leur cou, le message suivant :
« Dans quatre semaines exactement, conférence au Palais des Animaux. » Les kangourous
parcoururent l'Australie avec des bonds de
géants, transportant dans leur poche, ainsi que
des facteurs, les plis confidentiels sur lesquels

on pouvait lire : « Dans quatre semaines exactement, conférence au Palais des Animaux. » La
nouvelle se répandit jusqu'au plus profond des
océans, là où vivent les êtres les plus étranges et

les plus étonnants. On vit les pieuvres écrire dans l'eau en lettres géantes : « Dans quatre semaines exactement, conférence au Palais des Animaux. »

Minna l'escargot lui-même sortit tout excité de sa garçonnière et se mit à ramper hors d'haleine au milieu des vignobles. Par moments, il s'arrêtait, puis, s'efforçant à grand-peine de reprendre sa respiration, criait d'une voix enrouée : « Dans quatre semaines exactement, conférence au Palais des Animaux. – Qu'est-ce que tu racontes ? demanda Fridolin le ver de terre qui prenait le frais juste à côté. Voilà qui est fort intéressant ! et, tout frétillant, il plongea dans la terre. – Où vas-tu donc si vite ? lui demanda l'escargot. – Quelle question stupide ! bougonna-t-il. Il faut bien prévenir aussi les animaux qui se trouvent de l'autre côté de la terre ! Dans quatre semaines exactement, conférence au… » Mais il avait déjà disparu.

En moins de temps qu'il n'en faut pour le dire, tous les animaux furent au courant, depuis les déserts jusqu'aux neiges éternelles, depuis le fond des océans jusque très haut dans les airs. Ils réunirent des assemblées et chaque espèce élut un délégué. On se serait cru, il y avait bien longtemps de cela, au temps du déluge, lorsque Noé vint les trouver pour leur demander de monter en couples à bord de son arche. Puis les délégués se mirent à faire leurs préparatifs de voyage. Reinhold le taureau courut chez le cordonnier qui ressemela les sabots.

L'autruche se fit crêper artistiquement les cheveux par le coiffeur, tandis que le buffle faisait friser sa mèche de devant au fer. Aloïs le lion, quant à lui, transpirait à gouttes sous le casque d'à côté car il voulait une nouvelle permanente pour la conférence. Quelle chaleur ! se plaignit-il à la manucure qui, pendant ce temps-là, lui

limait les ongles. C'est à devenir fou ! Si je
n'étais pas si blond… – Moi, j'ai un faible pour
les blonds, dit alors la demoiselle avec son plus
beau sourire. » Du coup, Aloïs en oublia de ter-
miner sa phrase bien connue. Le paon s'en alla
faire la roue chez un célèbre artiste peintre qui
entreprit de raviver les couleurs de son plu-

mage. Paul l'ours blanc prit un bain dans un geyser fumant. Il trouva cela horrible mais il en ressortit aussi blanc que la neige, et sa famille le regarda avec une grande admiration. La femme d'Oscar repassa le smoking de son mari. Elle n'aimait pas qu'il porte des pantalons tout froissés et se disait que, pour la circonstance, il pouvait bien au moins une fois se montrer élégant. Oscar, de son côté, était allé chez le dentiste se

faire plomber la défense gauche. Ce dentiste
était un Noir plus noir que l'ébène, qui avait un

fils aux grands yeux tout ronds. « Toi, je t'emmène faire le voyage avec moi, dit l'éléphant au garçon. Après tout, c'est uniquement

pour les enfants que nous faisons cette conférence... – Voulez-vous vous rincer la bouche ? » lui demanda le dentiste en lui présentant un seau rempli d'eau.

Dans les foyers, les épouses remplissaient les valises de provisions de voyage, de linge, de bouteilles thermos, de mousse, de maïs, d'avoine, de viande et de poissons séchés, de rayons de miel, de poulets rôtis et d'œufs durs.

Puis les délégués enfilèrent leurs manteaux car
le moment était venu de se rendre à la gare. Il

était même grand temps. Dans toutes les gares d'Afrique, d'Asie, d'Amérique, d'Europe et d'Australie, les locomotives des trains express attendaient en fumant. Les haut-parleurs criaient : « Train express au départ pour le Palais des Animaux, en voiture ! Veuillez regagner vos places et fermer les portières s'il vous plaît ! » Puis les locomotives s'ébranlèrent. Oscar, Aloïs, Léopold et les autres délégués avaient baissé les vitres et agitaient leurs mouchoirs. Et les mères des petits éléphanteaux ainsi que celles de tous les autres petits animaux leur faisaient signe depuis le quai. « Soyez dignes de nous ! s'écria la femme d'Oscar en dressant la trompe. – N'aie pas peur ! répondit celui-ci. Nous allons mettre de l'ordre dans le monde. Nous ne sommes pas comme les humains, nous ! »

Dans les ports maritimes, l'activité n'était pas moins intense. Les animaux qui ne savaient pas nager embarquèrent à bord de grands paquebots modernes. Des baleines étaient amarrées à quai, la bouche grande ouverte. Elles s'étaient proposées pour assurer gratuitement le transport des participants à la conférence, et tous ceux qui avaient peur du bateau n'avaient qu'à traverser une passerelle pour entrer à l'intérieur

de l'une d'elles. « Il arrive que des bateaux fassent naufrage, dit le lièvre au renard. Mais je n'ai jamais entendu dire que ce soit arrivé à une baleine. » Sur ces paroles, il sauta de la passerelle dans la gueule ouverte du monstre.

Pour finir, tout le monde fut à bord. Les sirènes retentirent. Les baleines refermèrent leurs gueules, lancèrent leurs petits jets d'eau, et la flottille se mit en route. Les parents agitèrent leurs mouchoirs sur le quai. Les délégués agitèrent les leurs sur le bastingage. Ceux qui se trouvaient dans le ventre des baleines n'agitèrent rien du tout car, comme chacun sait, les baleines n'ont pas de fenêtres.

Sur les aéroports de tous les continents, la fièvre aussi était grande. La plupart des délégués – sauf bien sûr les oiseaux – prenaient l'avion pour la première fois. Ils se sentaient un peu nerveux et faisaient des manières. Mais comme l'aigle, le vautour, le busard et le héron se moquaient d'eux, ils se ressaisirent et prirent place avec résignation dans la cabine. On pouvait aussi, moyennant un supplément approprié, louer un tapis volant. C'est ce que fit le putois. Il pouvait se le permettre, en animal à fourrure aisé qu'il était. De toute façon, il n'avait pas le choix : il sentait si mauvais qu'on n'avait pas voulu lui vendre de billet. En fin de compte, tout le monde fut casé et l'escadrille décolla. Les hélices vrombissaient et les tapis chatoyaient de mille couleurs comme de grands papillons. Les corbeaux, les vautours, les faucons, les marabouts et les oies sauvages leur faisaient escorte. Et tous virent la terre devenir de plus en plus petite.

Les animaux du Grand Nord, eux, faillirent avoir des ennuis car, lorsqu'ils arrivèrent dans les ports, tous les navires étaient pris par les glaces. Mais Paul l'ours blanc eut une idée : on expédia tout d'abord les bagages vers le sud grâce à des équipages de rennes, puis les animaux s'embarquèrent tous sur un iceberg : il y avait Paul, et avec lui le morse à la grande moustache, le pingouin, la perdrix des neiges et le renard argenté, ainsi qu'une petite Esqui-

maude toute joufflue qui était l'amie de Paul
depuis déjà longtemps. Mais l'iceberg avait un
gros inconvénient : il était terriblement lent et
les animaux eurent très peur d'arriver en retard.
C'est alors que le morse eut une idée géniale : il
demanda à tous les phoques qu'il rencontra de
les aider à avancer, ce qu'ils firent de bonne
grâce, accompagnés des otaries et des loups de
mer. D'une nageoire ils se cramponnaient à

l'iceberg et, de l'autre, ils ramaient en mesure comme des marins bien entraînés, de sorte que le grand iceberg tout scintillant de neige se mit à avancer comme l'aurait fait n'importe quel navire. Les grands paquebots qu'ils croisaient en chemin prenaient peur et s'écartaient de leur route aussi rapidement que possible.

Les animaux qui voyageaient en chemin de fer eurent les pires difficultés. Car, comme chacun sait, la terre et les continents sont divisés en de multiples pays, et partout ce ne furent que barrières de douane et employés en uniforme qui fronçaient le sourcil. « Avez-vous quelque chose à déclarer ? demandaient-ils. Vos

papiers ! Avez-vous un visa de sortie ? Avez-vous un visa d'entrée ? » – « Que se passe-t-il ? gronda Aloïs le lion. – Allons voir », dit Oscar

l'éléphant. Ils descendirent tous les deux du train en compagnie du tigre et du crocodile, et s'approchèrent avec curiosité des douaniers. Saisis d'épouvante, ceux-ci prirent alors leurs jambes à leur cou et s'enfuirent aussi vite qu'ils

purent. « Avez-vous un visa de sortie ? » leur cria Oscar. Là-dessus, tous les animaux du train se mirent à rire si fort qu'ils faillirent s'étrangler. Puis le reste du voyage se passa sans histoires.

Bien que sur terre, sur mer et dans les airs, un si grand nombre d'animaux fussent en route, très peu de gens s'en aperçurent. Seuls ceux qui habitaient au bord des voies de chemin de fer s'étonnèrent quelque peu. Mais quelqu'un dit : « C'est certainement un cirque ambulant », et tous se rassurèrent.

Les plus étonnés furent sans doute les petits enfants lorsqu'ils feuilletèrent leurs livres illustrés sur les animaux : ceux-ci avaient tout simplement disparu des pages ! C'était comme si quelqu'un avait découpé soigneusement les images avec des ciseaux. Mais personne n'avait

rien découpé du tout : les animaux s'étaient tout simplement échappés pendant la nuit pour pouvoir se rendre au rendez-vous du Palais des Animaux.

Ce Palais des Animaux est sans doute le bâtiment le plus étrange et le plus grand du monde. Il contient un port particulier, une gare particulière et, tout là-haut sur le toit, un aéroport particulier. Il abrite la poste centrale des pigeons voyageurs, un hôtel pour les oiseaux migrateurs, un bureau de placement pour les animaux de zoo, une école de danse pour les ours, une académie de dressage pour les lions, un manège et une école de saut pour les chevaux, un institut pour la promotion des singes surdoués, un conservatoire de chant pour les oiseaux, une école de techniciens supérieurs pour les araignées, les castors et les fourmis, un musée d'objets rares, une clinique dentaire, un sanatorium, une crèche pour les bébés-animaux dont les parents doivent travailler pendant la journée, un orphelinat, un magasin d'optique pour les serpents à lunette, une prison pour ceux qui torturent les animaux, un atelier d'affûtage pour les crabes, une fabrique de lampes pour les vers luisants, des salles de concert, des piscines, des restaurants pour carnivores, des restaurants pour végétariens, des salles de repos pour les ruminants, et une multitude d'autres choses encore. Comme de nouveaux avions, paquebots, baleines, trains et tapis volants arrivaient chaque jour remplis d'ani-

maux étranges, les hommes devinrent de plus en plus curieux. Finalement, on vit arriver des journalistes, des reporters de la radio et des présentateurs de la télévision, photographiant, filmant, posant toutes sortes de questions et prenant des notes. « Quelle est au juste votre intention en faisant ce rassemblement, mes-

sieurs les animaux ? demandèrent-ils pleins de curiosité. – C'est tout simple, dit la girafe du haut de son long cou. Il s'agit des humains.

– Ah ! Si je n'étais pas si blond, s'écria Aloïs irrité, je crois bien que je me fâcherais tout rouge contre vous ! » Les reporters se mirent à rire et se dirent que ce lion-là était vraiment un drôle d'énergumène. Oscar dressa sa trompe et dit d'un ton calme : « C'est au sujet des enfants. Vous voyez ce que je veux dire ? – Pas du tout », répondirent-ils. Il marmonna alors : « Évidemment, ça m'aurait étonné ! – Alors, ouvrez toutes grandes vos oreilles ! dit Reinhold le taureau à un jeune homme qui lui mettait son micro sous le nez. – Je vous écoute,

dit celui-ci, et tout le reste de l'humanité aussi. – Eh bien ! je vais vous dire quelque chose, poursuivit le taureau. Mais d'abord, je vous conseille d'enlever votre cravate car le rouge me rend nerveux, et quand je suis nerveux… » Le jeune homme défit sa cravate aussi vite qu'il put et Reinhold reprit : « Notre conférence débutera ici le même jour que celle des chefs d'État qui doit se tenir au Cap, et qui est, si je ne m'abuse, la 87e ? – Exact, déclara le jeune homme. Et la vôtre, autant que je sache, est la première ? – Très juste, dit le taureau, la première et la dernière ! »

Les photographes s'apprêtaient à faire une belle photo de groupe avec Oscar, Aloïs, Léopold, Gustave le kangourou, Théodore le tapir

et Julius le plus grand chameau du vingtième
siècle, lorsque l'éléphant se mit à barrir si fort

que tous en furent effrayés. « Une minute ! Où
est donc Paul ? J'espère qu'il ne lui est rien
arrivé. » Et il courut vers l'ascenseur aussi vite
que ses grosses jambes le lui permettaient.

Oscar avait bien raison de s'inquiéter : l'ours blanc et les autres délégués du Grand Nord se trouvaient effectivement en détresse. Ils étaient arrivés par mégarde dans les courants chauds et l'iceberg tout scintillant de neige sur lequel ils voyageaient s'était mis à fondre d'heure en heure. Plus l'ours et le morse encourageaient les otaries et les loups de mer, plus ceux-ci se fatiguaient et peinaient, et plus l'énorme iceberg se mettait à ressembler à un petit morceau de glace ridicule... Les animaux durent se serrer de plus en plus. La perdrix des neiges devint plus pâle encore qu'elle n'était, le renard argenté se mit à claquer des dents, le morse laissa pendre sa moustache, et Paul grogna : « Si ça continue comme ça, nous allons devoir faire le reste à pied. » Ils finirent même par prendre la chemise de la petite Esquimaude pour l'agiter bien haut dans les airs. L'iceberg menaçait alors de devenir aussi minuscule qu'un vulgaire glaçon.

Tandis que nos pauvres amis se désespéraient ainsi, l'activité qui régnait au Palais des

Animaux était, ainsi que vous l'imaginez, à son comble. De nombreux invités avaient des exigences tout à fait saugrenues et parfois très difficiles à satisfaire. Il fallut, par exemple, enlever quarante mètres cubes d'eau de la chambre-piscine du dauphin pour qu'il puisse bondir à son aise. Le crocodile fit venir plu-

sieurs moineaux qu'il laissa se promener dans sa gueule grande ouverte, ainsi qu'il en avait l'habitude. Léopold la girafe eut besoin de deux chambres superposées avec un trou dans le plafond de celle du dessous pour pouvoir passer la tête à travers. Ulrik la chouette exigea une chambre noire. Les papillons exotiques

commandèrent toutes sortes de fleurs inconnues qui devaient être absolument fraîches.
Max la souris ne voulut pas de chambre, mais
seulement un trou de souris. Néanmoins, le pire
de tous ce fut Reinhold le taureau : il sonna et
dit que comme il se sentait seul, on devait aller

lui chercher une jolie petite vache noir et blanc.
Le marabout qui dirigeait l'hôtel en eut les plumes qui se hérissèrent sur la tête !

Finalement, tout rentra dans l'ordre. Les journaux firent paraître en première page les photos des délégués arrivés au Palais des Animaux, avec le texte de leurs interviews. La radio retransmit les entretiens qu'ils avaient eus avec les reporters et le commentateur expliqua ce qu'on pouvait attendre, à son avis, de cette conférence. Tout cela faisait beaucoup de choses à lire et à écouter pour les hôtes du

Palais. En outre, le début de la conférence approchant à grands pas, ils étaient très occupés par les derniers préparatifs. Les oiseaux chanteurs répétaient au conservatoire l'hymne d'ouverture. Le pivert battait la mesure. Le paon lui aussi, croyant avoir une jolie voix, voulut chanter avec eux, ce qui entraîna quelques protestations. Finalement, il se mit à faire une roue superbe et quitta la salle en se dandinant. Les araignées et les tisserins confectionnèrent deux immenses et magnifiques banderoles : une pour l'entrée avec l'inscrip-

tion « Bienvenue à tous ! », et l'autre plus belle encore pour la salle de conférences, où étaient écrits ces mots : « Le sort des enfants est en jeu. »

Pendant ce temps-là, dans la chambre supérieure de la girafe, dont la tête dépassait du plancher grâce au trou prévu à cet effet, l'éléphant, le lion, l'aigle, le renard et la chouette (qui avait mis des lunettes noires) s'étaient réunis. Il s'agissait de décider ce qu'on dirait à

la conférence. Comment allait-on faire pour
convaincre les humains qu'ils devaient vivre
désormais en bonne intelligence, même si ce
n'était que pour l'amour de leurs enfants ?
Faudrait-il les ramener à la raison par la force,
quelle façon ? De temps en temps, le marabout apparaissait dans la chambre. « Pas de
nouvelles ? » demandait chaque fois Oscar
l'éléphant. Mais chaque fois, le marabout faisait signe que non. Nous savons quelles nouvelles ils attendaient si impatiemment : Paul
l'ours blanc n'était toujours pas arrivé. Et les
hydravions qui survolaient les océans à sa
recherche n'avaient encore découvert aucune
trace de lui ni des autres délégués du Grand
Nord. Pourtant, ils sillonnaient inlassablement
la surface des eaux vertes dont les vagues fai-

saient penser à une forêt mouvante infinie. Mais
si les avions n'aperçurent pas l'ours blanc,
celui-ci en revanche les aperçut. Le bloc de
glace était devenu si minuscule que le morse et
lui devaient nager à côté. « C'est vraiment

malin ! dit le morse en éternuant. Si au moins
nous avions un oiseau à bord ! – Mais nous
sommes des oiseaux, nous ! crièrent la perdrix
et le pingouin. – Vraiment ? répliqua le morse
agacé. Eh bien ! veuillez donc avoir l'amabilité
de vous envoler et d'aller montrer à ces avions
où nous nous trouvons avant que nous ne

soyons tous noyés. » Alors la perdrix blanche cacha sa tête sous ses plumes et le pingouin se mit à pleurer doucement…

Heureusement, l'avion qui dirigeait les opérations avait emmené un faucon chargé de surveiller les alentours. Soudain, celui-ci poussa un cri perçant, jaillit à travers le hublot et se mit à piquer à la verticale comme une flèche. Les

avions piquèrent à leur tour et, en moins de temps qu'il n'en faut pour le dire, les naufragés se retrouvèrent entourés de faucons, de busards, d'aigles de mer et d'hydravions. « Il était grand temps, dit Paul comme on le tirait hors de l'eau. Steward, je vous prie, veuillez nous servir un grog bien chaud ! »

Lorsque l'ours blanc arriva au Palais – avec une grosse écharpe de laine autour du cou car il avait pris froid – Oscar, tout ému, le prit dans sa trompe et le serra dans ses bras. « Attention ! s'exclama Paul. – Tu as peur que je te casse une côte ? lui demanda Oscar. – Non, répondit l'ours. J'ai peur que tu attrapes mon rhume ! » et ils éclatèrent de rire tous les deux. Soudain, Oscar se mit à faire des yeux tout ronds. « Ça par exemple ! s'écria-t-il. – Quelle surprise,

n'est-ce pas ? dit Paul. C'est une amie à moi, une petite Esquimaude. Elle te plaît ? – Elle est charmante, répondit Oscar. Je ne comprendrai jamais comment des enfants si gentils peuvent devenir plus tard des adultes. » Puis il trotta vers la girafe et lui glissa quelque chose à l'oreille. Alors la girafe allongea son cou de plus en plus jusqu'à passer la tête à travers la fenêtre du seizième étage. Peu après, un petit garçon tout noir apparut. « Ça par exemple ! s'écria l'ours. – Quelle surprise, n'est-ce pas ? dit fièrement Oscar. C'est un ami à moi, le fils de mon dentiste. » Et quand la girafe eut déposé le petit garçon devant Paul, celui-ci

murmura : « Je ne comprendrai jamais comment des enfants si gentils peuvent devenir plus tard des dentistes ! »

Tandis que les deux enfants se dévisageaient du coin de l'œil, le tigre royal arriva sans un

bruit, portant sur son dos un mignon petit enfant aux cheveux bruns. « Voilà ! ronronna le tigre. C'est ma surprise. Je vous présente mon amie de la jungle du Bengale », et il s'agenouilla doucement. La fillette descendit à terre et se dirigea toute légère vers le petit Noir et la petite Esquimaude. « Charmante ! dit Oscar. — Adorable ! murmura Léopold. — On dirait une sainte de glace ! renchérit l'ours blanc ravi. J'espère au moins qu'elle ne deviendra jamais dentiste !

– Les petits animaux aussi ont des idées »,
susurra tout à coup une petite voix derrière
eux. Ils se retournèrent et aperçurent Max la
souris en train de sautiller plein d'exubérance
autour d'un jeune garçonnet. « Un Chinois ! »
s'exclamèrent les autres en dévisageant l'enfant
qui les regardait malicieusement de ses petits
yeux fendus. « En voilà une surprise, n'est-ce
pas ? crissa la souris. Il vous plaît ? C'est mon
ami ; son père est le dresseur de souris chez
qui j'ai obtenu mon diplôme de danseur étoile.
– Des enfants de toutes les couleurs ! dit Paul.
Il n'en manque plus qu'un blanc ! » À peine
avait-il prononcé ces mots qu'arrivait le poney
de Shetland, trottant et hennissant de plaisir,

67

chevauché par un petit gamin tout blond aux joues rouges et aux yeux bleus. Celui-ci sauta à terre et courut en riant vers les quatre autres enfants. « À la bonne heure ! s'écria Oscar. Nous savons à présent qui doit prendre place dans la tribune des hôtes d'honneur de notre conférence. – Et moi, je peux aller me coucher pour transpirer en paix, dit l'ours blanc. – À cause de ce petit rhume ? demanda le tigre. – Oui, répondit Paul. Le petit rhume doit s'en aller car si j'éternue pendant la conférence, je risque de tout faire sauter ! »

Enfin le jour arriva. C'était un beau dimanche ensoleillé. Dans la ville du Cap en Afrique du Sud, s'ouvrit la 87ᵉ conférence des chefs d'État, présidents et Premiers ministres accompagnés de leurs conseillers. Chacun, en frac ou en costume, gravit les marches du bâtiment en portant de gros dossiers sous le bras.

télégramme adressé à tous les pays du monde – ouverture de la conférence du Cap – tous les chefs d'État et de gouvernement sont au rendez-vous – on s'attend à un accord garantissant définitivement la paix – divergences mineures concernant l'ordre du jour – propositions de changements au sujet du règlement intérieur – vives discussions concernant l'attribution des sièges – temps excellent –

Ce même beau dimanche ensoleillé, les délégués des animaux, depuis les bipèdes jusqu'aux mille-pattes, gravirent les marches du Palais

pour ouvrir leur congrès. La banderole de
bienvenue confectionnée par les araignées et les

tisserins flottait doucement dans l'air tiède, et
personne ne portait de dossiers.

télégramme adressé à tous les pays du monde – ouverture de la conférence au Palais des Animaux – tous les délégués sont arrivés comme prévu – liaison radiophonique et télévisée avec la conférence du Cap – le sort des enfants est en jeu ! – première et dernière (et non pas 87e) tentative des animaux de tous les pays – nécessité d'arriver à un compromis raisonnable maintenant ou jamais – temps excellent –

Le rassemblement des animaux dans la grande salle des conférences du Palais offrait un spectacle inoubliable. Les oiseaux de proie se tenaient sur des perchoirs. Les singes étaient assis dans des fauteuils à bascule et l'orang-outang fumait un gros cigare. La chauve-souris et la roussette étaient suspendues au lustre la tête en bas. Les oiseaux chanteurs étaient juchés sur les bois du cerf et sur les cornes de l'antilope. Les serpents et les batraciens étaient allongés sur des tapis. Le putois, pour les raisons mentionnées page 10, avait pris place sur le rebord de la fenêtre. Les poissons, la bouche grande ouverte et les yeux globuleux, se pressaient contre les parois de verre du bassin situé dans le coin gauche de la salle. La coccinelle, qui était myope, s'était installée juste sur la grande table verte des conférenciers, à deux pas de la clochette du président. Il régnait un silence tellement solennel que le lapin fit « chut ! » d'un air agacé à la puce qui était en train de faire des bonds sur le dos du mandrill. On avait accroché bien haut la banderole « Le sort des enfants est en jeu ! » et juste au-dessous trônaient les cinq hôtes d'honneur, récurés et peignés de frais. Sur les dossiers de leurs chaises chatoyaient les papillons et les colibris multicolores tandis qu'à leurs pieds jouaient Mickey, Babar, le Chat Botté, la chèvre de Monsieur Seguin, les trois petits cochons et tous les autres animaux des livres illustrés. La tribune était encombrée de micros et de caméras de télévi-

sion. Enfin, Oscar agita la clochette avec sa trompe et, tandis qu'un soupir de soulagement parcourait l'assistance, il déclara : « Je passe tout d'abord la parole à Paul l'ours blanc. »

« Chers amis, commença Paul, je ne serai pas
long. D'abord ce n'est pas mon habitude, et
ensuite je suis enrhumé. Nous sommes donc
venus ici pour aider les enfants des humains.

Pourquoi ? Parce que cette tâche est quelque peu négligée par les humains eux-mêmes alors qu'elle est de la plus haute importance. Nous exigeons à l'unanimité que cessent les guerres, la misère et les révolutions. Elles *doivent* cesser parce qu'elles *peuvent* cesser ; c'est pourquoi il *faut* les faire cesser ! » À ces mots, une immense clameur s'éleva dans la salle. On se mit à frapper du sabot, à battre des ailes, à applaudir des nageoires, à claquer du bec, à hennir, à piailler, à gazouiller, à aboyer, à siffler, à bramer et à trompeter. Ce fut un spectacle extraordinaire.

Au moment même où Paul faisait son discours d'ouverture, les présidents en frac et en uniforme avaient les yeux fixés au Cap sur un immense écran tendu contre le mur de la salle de conférences et regardaient en silence l'ours blanc parler au-dessus d'eux de sa voix menaçante et enrhumée, comme s'il était présent dans la salle en chair et en os. « Si on nous met des bâtons dans les roues, poursuivait celui-ci, nous n'irons pas par quatre chemins. Que cela soit bien clair ! Y compris pour les humains qui sont toujours si pleins de bon sens. Aujourd'hui même, nous exigeons solennellement des représentants à la 87e conférence des humains qu'ils suppriment l'obstacle principal qui s'oppose à la paix, à savoir les frontières entre leurs pays. Les barrières doivent tomber. Elles sont...

elles... elles... sont... attention !... je vais éter... éter... » et Paul se mit à éternuer si fort que l'écran explosa en mille morceaux.

Lunettes, décorations, blocs sténo, cendriers, poussière, tout se mit à voltiger dans l'air comme sous l'effet d'une tornade !

Le même jour, tous les écoliers écoutaient la

radio dans leur classe. Les chèvres, les vaches, les chevaux et les dindons avaient passé leur tête par la fenêtre tandis que les chiens, les coqs et les chats se tenaient sur le rebord : ils ne voulaient pas perdre un seul mot de ce qui se disait, comme vous l'imaginez.

*télégramme adressé à tous les pays du monde
— la conférence des animaux exige la suppres-
sion de la notion d'État — une explosion inex-
plicable mais sans gravité s'est produite au
cours de la réunion des présidents — le général
Foudre, envoyé spécial, a pris l'avion muni
d'une note de protestation — aucun autre inci-
dent à noter en ce premier jour de conférence —*

Quand le soir arriva, l'avion spécial du Cap
atterrit sur le Palais des Animaux et le personnage en uniforme qui descendit de la cabine fut
aussitôt conduit vers Oscar et ses amis. Ceux-ci
se reposaient alors dans le jardin suspendu. Un
orchestre jouait de la musique. L'ours blanc

buvait son tilleul-menthe. « Je suis le général Foudre », déclara le personnage. L'éléphant répondit avec amabilité : « Ne vous excusez pas, vous n'y êtes pour rien ! – Quand bien même vous seriez l'amiral Tonnerre, intervint Aloïs le lion, ça ne vaudrait guère mieux. » Les animaux se mirent à rire et le général devint cramoisi. « Voici la note de protestation des conférenciers du Cap ! » Il posa une enveloppe cachetée sur la table. « Je suis habilité à recueillir votre réponse écrite. » Les animaux prirent connaissance de la note. « Ah ! si je n'étais pas si blond, gronda le lion, je crois bien que… – Ça suffit ! menaça l'ours blanc. Sinon, j'éternue si fort que je te fais dégringoler du toit avec Monsieur le foudre de guerre ! » Oscar reposa la lettre sur la table, considéra le général avec le plus grand sérieux et dit calmement : « Bien, bien ! Nous ne devons pas intervenir dans vos affaires. Vous êtes tous d'accord là-dessus. » Puis il frappa du poing avec colère : « Pour une fois, ils sont tous d'accord ! Et pourquoi ? Parce que nous le voulons ! – Vous pouvez rentrer au Cap, reprit Léopold la girafe. – Avec plaisir ! répondit M. Foudre. J'attends seulement que vous me remettiez votre réponse écrite. – Disparaissez ! tonna Oscar. Nous ne sommes pas venus ici pour faire des gribouillages mais pour aider les enfants, vous entendez ? – Certainement, répliqua le général, je ne suis pas sourd. » Aloïs le lion se leva lentement et dit : « Dois-je vous raccompagner jusqu'à votre avion ? – Ce n'est pas la peine ! » assura le général. Et il partit comme s'il avait subitement l'air pressé.

Avant de se souhaiter bonne nuit, Paul, Aloïs et Oscar s'en allèrent jeter un dernier coup d'œil dans la chambre des enfants. Ils s'approchèrent sur la pointe des pieds, mais leurs précautions étaient inutiles : les cinq hôtes d'honneur dormaient à poings fermés dans leurs cinq petits lits. « C'est quand même triste

pour eux, murmura le lion tout bouleversé. – Ne sois pas désespéré, mon vieux, lui chuchota l'ours blanc. Nous finirons bien par faire admettre notre point de vue à ces messieurs du Cap. – Ces faiseurs de dossiers ! souffla Oscar. Ces gribouilleurs, ces machines à classer, ces sièges de bureau à deux pattes, ces… Tiens ! Mais que fais-tu ici, Max ? – Moi ? crissa la sou-

ris. D'abord, je suis venu voir si mon petit Chinois était bien couvert, et ensuite, j'ai fait un brin de conversation avec Mickey. Quel dommage qu'il soit en carton ! Après tout, nous sommes de la même famille. » Et d'un bond, il sauta sur l'éléphant pour lui glisser quelque chose à l'oreille. « Nom d'une pipe ! fit celui-ci. C'est ça l'idée de ton cousin en carton ? » Puis il se pencha vers Aloïs et lui murmura quelque chose à son tour. Ensuite, le lion se pencha et fit de même avec l'ours blanc. Alors, tous les trois eurent un petit sourire malin. À la fin, Oscar déclara : « D'accord ! Je téléphone immédiatement en Afrique du Sud. Et demain matin, ces messieurs vont avoir la plus belle surprise de leur vie ! »

En effet, le jour suivant, la ville du Cap offrait un spectacle tout à fait singulier : une foule de souris et de rats surgissait de toutes les directions. Les voitures et les tramways étaient bloqués. Les hommes se réfugiaient dans les immeubles et sur les toits. C'était un véritable raz de marée ! Les petits rongeurs avançaient sans hésitation vers leur but : le grand bâtiment blanc dans lequel les membres de la conférence venaient juste d'entrer. Ils escaladèrent par millions les marches du bâtiment et se glissèrent sans répit à travers les portes, les fenêtres et les balcons comme s'ils obéissaient à un ordre venu d'ailleurs. Les hommes qui se trouvaient là en avaient les os glacés jusqu'à la moelle… En quelques minutes, les bureaux, les couloirs et les salles étaient devenus méconnaissables. Tous les dossiers des participants, des commissions, des sous-commissions, des rapporteurs et des secrétaires gisaient en lambeaux sur le sol. Pas le moindre petit bout de papier n'en réchappa. Dans la grande salle des débats, ce fut comme si une avalanche s'était abattue :

quelques-unes des personnes présentes émer-
geaient encore des documents en miettes. Puis
les souris et les rats disparurent aussi vite qu'ils
étaient venus. Aloïs le lion apparut alors sur
l'écran et dit : « Nous n'avions pas le choix. Vos
paperasses étaient un obstacle. Maintenant,
l'obstacle est levé. Nous exigeons que vous vous
mettiez d'accord. Le sort des enfants est en
jeu ! »

télégramme adressé à tous les pays du monde
– destruction totale des documents de la confé-
rence du Cap à la suite d'une invasion de souris –
poursuite des entretiens néanmoins décidée – la
conférence des animaux pose un ultimatum –
consultations secrètes en cours – le rejet de l'ulti-
matum semble évident –

Après l'invasion des souris qui avait anéanti tous les documents dans le palais du Cap, quelques photographes de la tribune de presse avaient réussi à prendre des clichés de ce capharnaüm invraisemblable. Les photos parurent dans tous les journaux du soir et l'on vit plus d'un visage réjoui dans les capitales du monde.

Entre-temps, les hommes d'État s'étaient de nouveau réunis au Cap et se rongeaient les ongles de colère et d'humiliation. Le général Foudre fit alors son entrée et dit, plus droit que jamais : « Tout est rentré dans l'ordre, messieurs les présidents ! Les avions transportant

les doubles et les copies de tous les documents détruits sont en route. La séance de demain pourra débuter sans autre inconvénient. – Nous vous remercions, maréchal Foudre ! » répondirent les présidents.

Tandis que le général Foudre venait ainsi d'être promu maréchal, des milliers d'avions-cargos venant de toutes les capitales du monde faisaient route vers Le Cap. Et l'on pouvait entendre à la dernière édition du journal parlé l'information suivante : « Les copies des documents détruits sont arrivées en provenance des archives nationales. Les classeurs sont gardés par l'armée qui a reçu l'ordre de faire usage des armes en cas de nécessité. »

« La plaisanterie est terminée, marmonna Paul l'ours blanc qui écoutait la radio avec les autres au Palais des Animaux. – Ils nous ont bien eus ! se lamenta Théodore le tapir.

– C'était simple comme bonjour ! trompeta Oscar. Avec leurs forteresses volantes, leur infanterie et leur artillerie ! Vous avez une autre

idée, maintenant ? Non ? Même pas toi, Max ?
Alors, mes amis, réfléchissons ! » Et ils se
mirent à réfléchir d'un air grave…

Une heure passa. Puis, Léopold la girafe
déclara de sa voix haut perchée : « Je crois que
la plupart des humains sont beaucoup plus gentils et plus raisonnables que nous ne le pensons.
Le problème, ce sont ces dossiers et ces militaires. – Ce n'était pas la peine de réfléchir pendant une heure pour en arriver là ! dit Julius le
chameau. Nous le savons bien. – Quelqu'un
d'autre a-t-il une idée ? demanda Oscar. Alors,
réfléchissons, mes amis ! » Et ils se mirent à
réfléchir de nouveau…

Une deuxième heure passa. Ils commen-
çaient à se sentir très fatigués de réfléchir ainsi.
« Les dossiers et les uniformes ! s'écria soudain
Reinhold le taureau. Tout est là ! – On ne peut

rien te cacher ! » gronda l'ours blanc. Et le chameau ajouta : « Nous le savons déjà depuis deux heures. – Mes amis, demanda Oscar, réfléchissez encore ! Si nous ne trouvons rien, nous allons… » Soudain Gustave le kangourou montra du doigt une mite qui volait près de la lampe et murmura : « Ça y est, j'ai trouvé ! »

Au matin du troisième jour de conférence, tout était de nouveau en place dans la ville du Cap : les chefs d'État, les dossiers, les micros, l'écran de télévision, les blocs-notes, les machines à écrire, le papier carbone et les gommes à encre et à crayon. Des soldats, armés de fusils, montaient la garde auprès de chaque dossier et de chaque porte-documents. Des artilleurs avaient posté leurs canons aux portes, dans les couloirs, au pied des escaliers et à l'entrée principale. Et le maréchal Foudre portait tant d'or à son uniforme qu'il devait s'appuyer sur son sabre pour ne pas tomber. Soudain la salle

devint aussi sombre que si un orage s'apprêtait à éclater. Le maréchal Foudre sortit la tête par la fenêtre et demanda en colère : « Que se passe-t-il encore ? » Le ciel était couvert de nuages qui se rapprochaient à une vitesse folle… Pour tout dire, c'étaient des mites ! Ces nuages, bourdonnant et assombrissant tout sur leur passage, traversèrent portes et fenêtres et foncèrent par petits groupes comme d'épais voiles gris sur tous ceux qui portaient un uniforme. Les autres, uniquement des civils, en avaient le souffle coupé. À ce moment, Reinhold le taureau apparut sur l'écran. « Vos uniformes, s'écria-t-il, sont un obstacle à l'unité et à la sagesse. Non seulement dans cette salle, mais partout dans le monde. Ils doivent disparaître ! Non seulement dans cette salle, mais partout dans le monde. Nous exigeons que vous vous mettiez d'accord. Le sort des enfants est en jeu ! » Puis les nuages se retirèrent par les portes et les fenêtres aussi vite qu'ils étaient venus et s'élevèrent dans les airs jusqu'à ce que

le soleil réapparût. On aurait dit que tout n'avait été qu'un rêve. Cependant, si l'on regardait autour de soi les soldats armés de leurs fusils et ceux qui se tenaient près des canons, on pouvait se rendre compte que ç'avait été loin d'être un rêve !… Ils avaient une allure tout à fait particulière… À commencer par le maréchal Foudre qui n'avait plus sur lui que son sabre…

Les uniformes devaient disparaître, avait dit Reinhold le taureau, non seulement dans la salle de conférences du Cap, mais sur toute la planète. Alors, les mites exécutèrent scrupuleusement ses instructions ! Pas un pays, pas une caserne, pas un uniforme ne fut épargné ! Partout des nuages gris argenté de mites mangeuses de laine fondaient sur la terre. Et comme elles ne savaient pas distinguer les uniformes, tout le monde y passa : non seulement les soldats, mais aussi les facteurs, les portiers d'hôtel, les chefs de gare et les contrôleurs de tram !

télégramme adressé à tous les pays du monde
– seconde interruption de la conférence du
Cap – tous les uniformes dévorés par un nuage
de mites – nouvel ultimatum des animaux –
consultations secrètes en cours – attention !
attention ! à vingt heures, retransmission sur
toutes les stations de radio d'une déclaration du
maréchal Foudre, porte-parole de la conférence –

Ce soir-là, à vingt heures précises, M. Foudre
fit son apparition dans un uniforme flambant
neuf et déclara devant une forêt de micros :

« Au nom de tous les chefs d'État réunis au
Cap, nous repoussons les prétentions des animaux. Dès demain, tous les soldats du monde
porteront de nouveaux uniformes. Et quoi
qu'il en soit, ni les mites, ni les sauterelles, ni
les crocodiles ne peuvent faire des trous dans

les grenades et les canons ! Qu'on se le dise au Palais des Animaux ! Quand bien même la terre se couvrirait de mites, cela ne nous ferait pas peur ! Et si nous n'avons plus d'uniformes, nous nous ferons tatouer à même la peau nos grades et nos numéros de régiments, c'est compris ? Les animaux veulent nous forcer à nous mettre d'accord. Eh bien ! ils n'y parviendront pas ! Tous les chefs d'État au Cap sont d'accord là-dessus. Et la volonté des chefs d'État, chacun sait que c'est celle de toute l'humanité ! »

Après avoir entendu cette déclaration, les animaux du Palais se sentirent très abattus. Julius le chameau dit : « Tout cela ne sert à rien.

Nous ferions mieux de rentrer chez nous. Moi, je repars demain. Que nous importent les humains ? Ils peuvent bien tous disparaître si cela leur fait plaisir ! » Oscar fut alors saisi d'un accès de colère : « On s'en moque des humains, espèce de mouton peureux ! Ce qui nous importe, ce sont les enfants ! – Excuse-moi, fit Julius vexé, mais je ne suis pas un mouton. – Non, mais tu es bête comme un chameau ! » répondit Oscar, et il claqua la porte…

Il se rendit alors dans la chambre des enfants, s'enferma à double tour et se mit à faire les cent pas sur la pointe des pieds en marchant d'un lit à l'autre pendant des heures. Puis il s'assit sur une chaise, soupira et continua à réfléchir durant une bonne partie de la nuit.

Le jour qui suivit cette nuit – le quatrième de la 87ᵉ conférence des chefs d'État et de la première et dernière conférence des animaux – ce jour-là restera à jamais marqué dans l'histoire comme le jour où l'humanité connut la plus grande frayeur, et aucun de ceux qui l'ont vécu ne pourra l'oublier. Que s'était-il passé ? On ose à peine le dire : les enfants avaient disparu ! Tous les enfants de tous les hommes s'étaient volatilisés ! Les bébés ne reposaient plus dans leurs berceaux. Les lits d'enfants étaient vides. Les écoles étaient désertes. Nulle part on n'entendait plus le moindre rire ni le moindre pleur. Les parents, les professeurs et tous les adultes étaient seuls sur la terre. Aussi seuls que des orphelins. Alors, ils se mirent à crier, à appeler, à courir dans les rues ou à la mairie, à

s'interroger les uns les autres, à pleurer, à tem-
pêter et à prier. Mais rien n'y fit. Absolument
rien… M. Dumortier, veilleur de nuit à l'usine
de bicyclettes, dit qu'il avait aperçu un oiseau
s'envoler à l'aube par-dessus le toit des Martin

en tenant dans ses serres un ballot. Et puis – il s'en souvenait bien maintenant – il avait entendu un peu plus tard comme des voix d'enfants s'éloigner par-dessus le bois de bouleaux. Que ceci soit vrai ou non, on en savait pas plus. Et tous les efforts pour en apprendre davantage restèrent vains. Les enfants, tous les enfants du monde avaient disparu comme par enchantement...

Dans la ville du Cap, des dizaines de milliers de parents désespérés s'étaient massés devant le palais des conférences. Ils restaient là sans rien dire, trop tristes pour crier ou pour protester. Cependant, le silence lugubre qui régnait sur cette place noire de monde était mille fois plus éloquent. Les artilleurs surveillaient toujours l'entrée principale, mais ils avaient retourné leurs canons dans l'autre sens, en direction du bâtiment. Car les artilleurs aussi ont des enfants…

Dans la grande salle des débats, les hommes d'État étaient assis à leurs places et regardaient leurs blocs-notes l'air désemparé. Eux non plus ne disaient rien. Car leurs enfants et leurs petits-enfants aussi avaient disparu ! Le maréchal Foudre se mordillait la moustache : où pouvait bien être Philippe, son petit-fils cadet, qui devait lui succéder un jour et devenir au moins général-amiral ou amiral-général ? Soudain, il y eut du bruit dans le haut-parleur et une voix légèrement enrouée

déclara : « Attention ! Attention ! Dans une minute, vous pourrez entendre une importante déclaration du Palais des Animaux. Oscar l'éléphant s'adressera à l'humanité sur toutes les stations de radio. » Le discours d'Oscar, prononcé au milieu des délégués des animaux, ne fut pas long. L'éléphant dit à l'intention de tous les hommes : « Depuis ce matin, tous vos enfants ont disparu sans laisser de traces. Ce n'est pas de gaieté de cœur que nous avons pris cette décision. Car nous aussi, nous avons des enfants et nous aurions préféré vous éviter cette peine. Mais nous ne savions plus comment faire autrement. Si nous en sommes arrivés là, c'est par la faute de vos hommes d'État. C'est à eux qu'il faut vous en prendre. Notre patience est à bout. Nous aimons vos enfants et nous n'acceptons plus de voir vos gouvernements, pour des questions de convoitise, mettre leur vie en jeu et sacrifier leur avenir par des querelles, des fourberies et des guerres. Une de vos lois stipule que les parents indignes peuvent être mis sous tutelle, c'est-à-dire qu'on peut leur retirer leurs enfants pour les confier à des éducateurs. Nous avons fait usage de cette loi et nous avons mis vos gouvernements sous tutelle. Ils se sont, depuis des siècles, révélés indignes de leur tâche. À présent, c'en est assez. Nous avons placé les enfants sous notre responsabilité depuis ce matin et vous ne les retrouverez que lorsque vos gouvernements se seront engagés par écrit à administrer le monde avec sagesse et décence. Si les hommes d'État résistent, vous saurez au moins pourquoi vous serez contraints de ne plus revoir vos enfants. Je n'ai rien d'autre à ajouter. La première et dernière conférence des animaux a accompli son devoir du mieux qu'elle a pu. Elle se termine ce soir à six heures. Jusque-là, nous examinerons et répondrons à toutes les propositions venant du Cap. Faites ce que vous voulez ; nous, nous faisons ce que nous avons à faire. » Sur ces mots, Oscar quitta la tribune tandis que les autres délégués lui témoignaient gravement leur reconnaissance.

télégramme adressé à tous les pays du monde – tous les enfants ont disparu sans laisser de traces – troisième et dernier ultimatum des animaux – la conférence du Cap se déclare prête à entamer immédiatement des pourparlers – un avion spécial est parti chercher la délégation des animaux – arrivée au Cap prévue pour treize heures – tous les parents sont priés de garder leur sang-froid –

Le voyage en avion fut moins long que le tra-
jet en voiture qui suivit à travers les rues noires
de monde. Chacun voulait voir Oscar, Paul,
Léopold, Aloïs et Max. Ce dernier avait une
voiture pour lui tout seul et trônait sur quatre
gros coussins d'où il saluait la foule de tous les
côtés. Puis nos amis furent accueillis triompha-
lement dans la grande salle des débats. Le
maréchal Foudre, qui s'était mis en civil pour la
circonstance, les conduisit jusqu'à la table des
négociations. « Messieurs les humains, dit
Oscar, ne vous donnez pas tant de peine. Notre
temps est précieux, et le vôtre aussi, je le
crains. » Il prit place. « Où sont nos enfants ?
demanda timidement un président. – Ils vont

bien », se contenta de répondre Paul l'ours blanc. Puis les discussions commencèrent.

Paul n'avait pas menti : les enfants allaient merveilleusement bien. Ils n'avaient évidemment pas disparu. Même les animaux les plus malins auraient été bien incapables de faire une chose pareille. Ils avaient tout simplement été cachés. Dans des grottes et des cavernes inconnues des hommes. Dans des îles et des atolls ne figurant sur aucune carte. Dans des oasis à demi enfouies. Dans des villes désertées. Sur des navires échoués. Dans des palais et des châteaux en ruine. Dans des alpages isolés. Dans les forêts et les jungles. Dans le ventre des baleines. Dans des temples détruits. Dans des cités lacustres, des mines et des caves à vin abandonnées. Dans des nids d'aigle, des pigeonniers, des terriers et dans les poches des kangourous.

Au début, quelques-uns – surtout les plus petits – n'étaient pas très rassurés et voulaient rentrer chez eux. Mais les animaux étaient si gentils avec eux que même les bébés en oublièrent leur chagrin. Les vaches et les chèvres apportaient en trottinant leur lait tout frais et bien chaud. Les ours venaient avec du miel. Les singes et les makis secouaient les cocotiers et les palmiers pour en faire tomber les fruits. Il y avait du raisin, des bananes, des oranges, des framboises, du sucre de canne, des ananas, des fraises, des mûres, des cerises sauvages, des pêches, de la salade d'oseille, des graines de tournesol, des épis de maïs, des radis, des figues, des pointes d'asperges, du riz, des tomates, de la fricassée de fleurs de jasmin, de thym et de muguet, bref ! les menus étaient très variés. Il y avait aussi plus de jeux qu'il n'en fallait : on pouvait s'amuser avec les bébés animaux, monter à califourchon sur les ânes, les chevreuils et les sangliers, nager avec les cygnes et les dauphins, grimper avec les singes et les écureuils jusqu'à en avoir le vertige, jouer à colin-maillard avec les buffles et les zébus, et à cache-cache avec les libellules et les hippopotames nains. Le soir arriva sans que personne ne s'en aperçût et presque tous les enfants pensèrent en allant se coucher dans les forêts, les cavernes, les bateaux et les temples : pourvu que la bagarre entre nos parents et les animaux dure encore longtemps !

Les parents, eux, n'étaient pas de cet avis. Aucun adulte sur la terre ne put dormir durant cette nuit silencieuse et vide. Les pères étaient appuyés sur le rebord des fenêtres et regardaient d'un air désemparé la lune qui brillait

dans le firmament sans avoir l'air de se soucier de la souffrance des hommes. Les mères, assises au pied des berceaux et des petits lits, pleuraient toutes les larmes de leur corps. Et les grands-parents secouaient gravement la tête dans leurs fauteuils à oreilles. Ce fut la nuit la plus dramatique de toute l'histoire de l'humanité.

Cependant, les pourparlers entre les hommes d'État et les animaux se poursuivaient sans relâche. Les ministres et les présidents, qui ne s'étaient pas rasés depuis le matin, avaient l'air pâle et hagard. Mais Oscar ne se laissa pas fléchir. Soudain une vitre se brisa et une pierre atterrit sur la table des négociations. On y avait attaché un message sur lequel était écrit : « C'est le sort des enfants qui est en jeu, pas celui des chefs d'État. – Très juste ! » siffla la souris.

Pendant ce temps, des milliers d'animaux veillaient sur le sommeil des enfants. Hasdrubal, le cousin de la femme d'Aloïs, assis au clair de lune, potassait un livre de calcul du cours préparatoire. Si les enfants restaient là encore longtemps, il faudrait bien que quelqu'un les

instruise ! « Je ne me serais jamais douté jusqu'à hier que moi, Hasdrubal-la-terreur-du-désert, je pourrais encore devenir instituteur à mon âge, dit-il au gnou. Combien font trois fois quatre, déjà ? – Je n'en sais rien, répondit le gnou. Demande donc aux enfants ! Mais qu'est-ce que tu as fait de ta perruque ? – Je n'en sais rien, dit le lion en faisant la grimace. Demande donc aux enfants ! »

Le lendemain matin, lorsque le soleil se leva, les animaux étaient toujours assis à la table de conférence avec les hommes d'État. Aloïs se mit à bâiller et ouvrit si grand la gueule que M. Foudre recula effrayé. « Nous vous donnons encore deux minutes, dit Oscar. Si vous ne signez pas, je vais sur le balcon faire un petit

discours à tous les gens rassemblés devant le palais. Et je vous promets qu'après ce discours, aucun d'entre vous ne gouvernera plus jamais ! » Alors les hommes d'État sortirent enfin leurs stylos et signèrent l'accord. Les animaux avaient gagné ! Cet accord était le suivant : « Nous, représentants de tous les pays du monde, nous engageons sur l'honneur à exécuter les dispositions qui suivent : 1) Toutes les frontières seront supprimées. 2) Les militaires de toutes les armées seront démobilisés. Il n'y aura plus de guerres. 3) La police assurant le maintien de l'ordre sera équipée d'arcs et de flèches. Elle aura pour tâche essentielle de veiller à ce que les sciences et les techniques soient exclusivement utilisées au profit de la

114

paix. Il n'y aura plus de sciences au service de
la mort. 4) Le nombre des bureaux, employés et
classeurs sera réduit au minimum. Ce sont les
bureaux qui sont faits pour les hommes et non
l'inverse. 5) Les employés les mieux payés tra-
vailleront désormais comme professeurs. La
tâche la plus noble et la plus difficile est d'ame-
ner les enfants à devenir des adultes dignes de
ce nom. Le but de toute véritable éducation
doit être de fortifier l'amour et la générosité. »
Tel fut l'accord signé par tous les chefs d'État.

Lorsque les hommes apprirent par la radio
que leurs gouvernements avaient fini par céder
aux animaux et par signer un traité de paix

définitif, il y eut une telle explosion de joie que l'axe de la terre se décala d'un demi-centimètre. Et quand les parents entendirent que leurs enfants leur seraient rendus dès que toutes les barrières de douane auraient disparu, ils se précipitèrent vers les frontières et se mirent à scier toutes les barrières en petits morceaux pour mettre à leur place des guirlandes et des arceaux fleuris. Les policiers eux-mêmes leur prêtaient main-forte. Alors il n'y eut plus besoin de savoir qui était d'un côté ou de l'autre et tout le monde se serra la main. Puis tous les enfants réapparurent et ce furent des embrassades, des rires et des larmes de joie comme jamais la terre n'en avait connu. Et comme les chefs d'État rentraient juste à ce moment-là, on en profita aussi pour les embrasser et les fêter. M. Foudre lui-même eut droit à un baiser sur la joue. Il fit comme si cela ne lui plaisait pas du tout et rendit son baiser à la jeune fille d'un air imperturbable. Mais celle-ci, loin de se vexer, lui dit en riant : « Ce n'est pas M. Foudre que vous devriez vous appeler, mais M. Cabotin ! »

Le vendredi suivant, Oscar, Aloïs et Léopold se retrouvèrent comme tous les vendredis soir pour prendre un verre au bord du lac Tchad. « Ce genre de conférence est plutôt épuisant, marmonna Oscar l'éléphant. Crénon ! Vous savez de combien j'ai maigri ? De deux cents kilos ! – Ce n'est pas grave, dit la girafe. En ce moment, c'est la mode d'être mince. » Puis elle se mit à regarder le ciel avec curiosité : les derniers oiseaux, avions et tapis volants qui étaient allés à la conférence achevaient de rentrer. « C'est un véritable miracle que je ne me sois pas fâché tout rouge ! gronda le lion. – C'est surtout un vrai miracle que nous ayons pu ramener les humains à la raison, dit Oscar. – Savez-vous qu'ils veulent nous nommer

citoyens d'honneur de la terre ? demanda
Léopold. – C'est bien naturel ! déclara fièrement Aloïs. – Ils veulent même donner mon
nom à une rue : la rue Léopold, dit la girafe en
redressant la tête plus haut encore que d'habitude. – Cessez donc de dire des bêtises, trompeta
l'éléphant. Nous avons fait cela pour leurs
enfants. La seule gloire qui m'importe, à moi,
c'est de savoir qu'ils sont heureux. » Puis, tous-
sant d'un air embarrassé, il prit congé de ses amis
et rentra chez lui car il devait coucher ses petits
éléphanteaux.

Ainsi se termine notre histoire. À moins que nous n'ayons oublié quelque chose ? Bien sûr que nous avons oublié quelque chose ! Le dimanche suivant, dans le sud de l'Australie, Fridolin le ver de terre refaisait surface et se mettait à crier à la cantonade : « Dans quatre semaines exactement, conférence au Palais des Animaux. Dans quatre semaines exactement, conférence au Palais des Animaux. » Une sauterelle qui volait près de là l'entendit et atterrit dans un bruissement d'ailes. « Qu'est-ce que tu racontes ? lui demanda-t-elle. – Dans quatre

semaines exactement, conférence au Palais des Animaux ! » répondit Fridolin tout essoufflé. La sauterelle le regarda d'un air ironique et lui dit : « Mon cher, la prochaine fois, il faudra te lever un peu plus tôt. Il y a longtemps que la conférence est terminée ! – Zut alors ! dit Fridolin. Et moi qui me suis tellement dépêché ! » Puis il replongea dans la terre. « Où vas-tu donc si vite ? lui demanda la sauterelle. – Quelle question stupide ! bougonna-t-il. Je rentre chez moi, évidemment, puisque j'habite de l'autre côté de… » Mais il avait déjà disparu.

PAPIER À BASE DE
FIBRES CERTIFIÉES

Le Livre de Poche s'engage pour
l'environnement en réduisant
l'empreinte carbone de ses livres.
Celle de cet exemplaire est de :
300 g éq. CO_2
Rendez-vous sur
www.livredepoche-durable.fr

Édité par Librairie Générale Française – LPJ
(43 quai de Grenelle, 75905 Paris Cedex 15)

Composition PCA
Achevé d'imprimer en Espagne par UNIGRAF
Dépôt légal 1re publication: avril 2015
59.1123.9/01 – ISBN : 978-2-01-012029-9
Loi n° 49-956 du 16 juillet 1949 sur les publications destinées à la jeunesse
Dépôt légal : avril 2015